AF495280

LA HONGRIE SECOVRVË

Poëme Heroïque.

PRESENTÉ AV ROY

PAR MONSIEVR DE LA FORGE

A PARIS,
Chez IACQVES DV BRVEIL, Place de Sorbonne, proche le College de Cluny.
ET
PIERRE COLLET, au Palais, dans la Gallerie des Prisonniers, à l'Image S. Martin.

M. DC. LXIV.
AVEC PERMISSION.

LA HONGRIE SECOVRVË

Poëme Heroïque.

ANS ce temps fauorable au bon-heur de la France,
Où l'Vniuers trembloit au bruit de sa puissance,
Et la voyant soûmise au plus Iuste des Roys,
Souhaitoit le bon-heur de receuoir ses loix;
Le Genie immortel de cette heureuse terre,
Sçachant des Ottomans la redoutable guerre,

A

Pour encourager Rome à ſon propre ſecours,
A la ſuperbe Ville adreſſa ce diſcours.
Toy de qui la valeur à nulle autre ſeconde,
Te rendit autrefois la Maiſtreſſe du Monde,
Et qui par ton pouuoir contraignis les mortels,
D'eſleuer tes Ceſars iuſque ſur les Autels;
Rome qu'eſt deuenu l'inuincible courage,
Qui ſceut aſſujettir le Danube & le Tage,
Et qui pendant le cours de dix ſiecles entiers,
Combla de tant d'honneurs tes illuſtres Guerriers?
On a vû ces Heros enuironnez de gloire,
A leurs bras tout-puiſſans attacher la victoire;
Et remporter l'honneur de ranger ſous tes loix,
Le faſte de l'Empire, & l'orgueil de cent Roys.
Cependant, quel mortel auroit oſé le croire?
Tu te laiſſes rauir tout cét amas de gloire,
Tu vois ſous le Croiſſant tes Aigles abbatus;
Repren, Rome, repren tes premieres vertus,
Tâche de releuer cét empire ſupréme,
Qui te rendoit jadis ſeule égale à toy-méme,
Et d'vn ſoin glorieux pour finir tant de maux,
De tes anciens guerriers imite les trauaux.
Mais en vain ie t'appelle au ſecours de toy-méme,
Tu n'as plus que des vœux dans ce peril extréme,

C'eſt

C'est à moy maintenant à dispenser tes loix,
La France est aujourd'huy la Rome d'autre-fois.
Ie ne me vante point d'vne gloire friuole,
I'ay fait trembler vingt fois ton fameux Capitole,
Et tu n'ignores pas Rome combien de fois,
La frayeur t'a saisie au seul nom des Gaulois.
L'Inuincible Cesar, le premier de tes Princes,
Trouua de quoy te vaincre en mes seules Prouinces,
Et ces Vaillans Gaulois dont tu craignois tes fers,
Domterent sous son nom & Rome & l'Vniuers.
De mes premiers Heros tu sçais toute l'Histoire,
Leurs Illustres Neueux n'auront pas moins de gloire.
Sans eux tu gemirois sous de honteux liens,
Et leur dernier exploit égale tous les tiens;
Mais pour ne douter point d'vne action si belle,
Ie te la veux montrer dans vn tableau fidelle,
Et parce qu'ils ont fait vien apprendre aujourd'huy,
De qui tu dois encore attendre ton appuy.
Proche des vastes bords du Danube rapide,
Le Rab donne le cours à son Onde timide,
Et mesprisant l'abord de vingt foibles ruisseaux,
Va perdre en ce grand Fleuue, & son nom & ses eaux.
Mais depuis que les Turs parurent à sa veuë,
La paisible Riuiere en deuint plus émuë,

Et fuyant vn objet qui troubloit son repos,
Sembla precipiter la course de ses flots.
Le spectacle estoit grand, & l'appareil terrible,
Le superbe Ottoman se croyoit inuincible,
Insolent du succez de ses premiers combats,
Du debris de l'Empire il flattoit ses soldats,
Quand il faisoit marcher ses troupes orgueilleuses,
Luy-méme s'estonnoit de les voir si nombreuses,
Et sur ses escadrons attachant ses regards,
Acheuons de briser le trosne des Cesars,
Disoit-il d'vne voix qui portoit la menace,
Que les Chrestiens enfin abbaissent leur audace.
La Fameuse Allemagne est reduite aux abois,
Et demain le Soleil la verra sous nos loix.
Maistres de Nehausel, & vainqueurs à Canise,
Finissons dignement cette grande entreprise,
Marchons à la victoire, & d'vn effort puissant,
Forçons l'Aigle Romain d'adorer le Croissant.
L'Alleman cependant resolu de l'attendre,
Applique tous ses soins à pouuoir s'en deffendre,
Et s'appreste à perir ou vanger cét afront,
Que l'ennemy pretend imprimer sur son front,
Pour soustenir le choc de cette grande Armée,
Il pense à ranimer sa vieille renommée,

Et ſe ſouuient encor que dans ces mémes lieux,
Solyman fut deffait par ſes nobles ayeux,
Le deſir de l'honneur, l'amour de la Patrie,
L'excitent au ſecours de la triſte Hongrie,
Il s'offre ſans fremir aux caprices du ſort,
Et porte dans ſes yeux ſa vengeance ou ſa mort,
Le Turc de qui le nombre auoit fait l'aſſeurance,
S'indigne de le voir attendre ſa preſence,
Il ſent à ſon aſpect ſa fureur redoubler,
Et prepare les fers dont il veut l'accabler.
Cent fois pour commencer vn horrible rauage,
Il cherche dans le Rab à s'ouurir vn paſſage,
Et cent fois auec luy partageant le danger,
Les Genereux Germains repouſſent l'Eſtranger.
Kerment en fut témoin, & ſe vit le theatre,
Où ces grands ennemis vinrent enfin combattre,
L'Ottoman y paroiſt, & redoublant ſes coups,
Par cent Globes brûlans deſcharge ſon courroux,
Malgré l'Onde & les traits il pouſſe ſa furie,
Mais le Ciel en ce iour protegea la Hongrie,
Et l'Infidele enfin aprés de vains efforts,
Paye ſon attentat d'vn grand nombre de morts.
Ardemment irrité de cette reſiſtance,
Du Rab qui le retient il cherche la naiſſance,

Et monte vers les lieux où ses flots plus vnis,
Se ioignent doucement auec ceux de l'Ofnis.
C'est-là que l'Ennemy pressé de sa colere,
S'obstine derechef à passer la riuiere,
Et donne le signal de son hardy dessein,
Par ces feux que l'Enfer a vomy de son sein.
L'Aleman estonné de sa nouuelle audace,
Quitte le bord du fleuue, & souffre qu'il le passe,
Et ne semble en effet auoir suiuy ses pas,
Que pour voir sa deffaite, & s'offrir au trépas,
Oüy cette Germanie où la valeur Romaine,
Combattit si lon-temps & souffrit tant de peine,
Elle qui mesprisant les autres nations,
Repoussa tant de fois tes fieres legions,
Cette méme Prouince à vaincre accoustumée,
Qui malgré tes Cesars soutint sa renommée,
Flechit sous vn Barbare & se laisse arracher,
Ce qu'vn cœur genereux peut auoir de plus cher,
Les malheureux Germains que la crainte surmonte,
Pour éuiter la mort s'exposent à la honte,
Et punis iustement par vn funeste sort,
Ils trouuent tout ensemble & la honte & la mort.
Comme vn vaste torrent qui tombant des montagnes,
Inonde sous ses flots tout l'espoir des Campagnes,

Et

Et s'emparant des biens du triste Laboureur,
Porte de tous costez le desastre & l'horreur.
De méme l'Ennemy rêpandu dans la plaine
En chasse l'Alleman que la frayeur entraîne,
Augmente en triomphant la rigueur de ses maux,
Et se sert contre luy de ses propres trauaux.
MAIS tandis que le Turc renuerse tout obstacle,
Plein de zele & d'ardeur j'arriue à ce spectacle,
Et voy vingt Escadrons dont l'injuste fureur,
Fait regner tout autour la mort & la terreur.
A ce funeste aspect, à ce sanglant rauage,
Du Barbare estranger ie reconnois la rage,
Et doutant si mes yeux n'ont point esté deceus,
I'apprens par les vainqueurs le mal-heur des vaincus.
Alors d'vn bras puissant arrestant la victoire,
Fauorable Deesse à qui ie dois ma gloire,
(Luy dis-je en gemissant) doux charme des François;
Qu'elle est ton iniustice, & quest-ce que ie vois?
Toy que l'on vit iadis ma fidelle compagne
Veux-tu m'abandonner quand je sers l'Allemagne?
Veux-tu quitter les Lys pour suiure le Croissant?
Es tu mon ennemye ou suis-je moins puissant?
Non, non, me répondit la fameuse Déesse,
Ie n'ay pas oublié nostre ancienne promesse,

I'iray pour ton Monarque en cent Climats diuers,
Et tu dois me conduire au bout de l'Vniuers.
De cét heureux accord je garde la memoire,
Et ce triste succez doit tourner à ta gloire;
A peine tes François ont paru sur ces bords,
Et des-ja mes Lauriers couronnent leurs efforts.
Leur valeur à Kerment s'est des-ja fait connoistre,
Digne de leurs ayeux digne de leur grand Maistre,
Et c'est auec plaisir que i'ay vû ces Heros,
Pour chercher mes faueurs quitter vn doux repos.
Là du grand Coligny ce General illustre,
Les fameux estendars ont pris vn nouueau lustre,
Et le Rab estonné de ses nobles exploits,
A connu comme moy l'approche des François.
Là prés de Sainterant sur la méme Riuiere,
Mes yeux ont apperceu Montauban & son frere,
Et Crussol au milieu des perfides Tyrans,
Se faire vn beau rempart de morts & de mourans.
Là i'ay vû Saint-Aignan entre vingt Ianissaires,
Attaquer fierement ces cruels aduersaires;
Le nombre à ce Guerrier ne pût donner d'effroy,
Il s'estima trop fort combattant pour son Roy,
Ie l'ay vû ce Heros seul contre leur puissance,
Faire sentir à tous l'effet de sa vaillance,

Et de ses coups mortels abbatant les premiers
Perir auec honneur par la main des derniers.
Pres du Heros mourant le courageux Treuille,
Fait pour le deliurer vn effort inutile,
Il couure de son corps le corps de son amy,
Et tout percé de coups l'arrache à l'Ennemy.
Enfin là i'ay connu dans sa iuste colere,
Le vaillant heritier du Noble l'Ediguiere,
Tel qu'vn ieune lion aller de rang en rang,
Vanger de cent trépas la perte de son sang.
Mais c'est trop m'arrester quand il faut que j'agisse,
Au courageux Hongrois allons rendre justice,
Allons le soûtenir & vien auprés de moy,
Recuellir les lauriers que ie dois à ton Roy.
DESIA nos bataillons pleins d'vne fiere audace,
Des Allemans vaincus auoient repris la place,
Et l'Illustre Epagny ioint au hardy Grancey,
Fouloit dessous ses pas l'Ennemy terrassé.
Desia Bissy, d'Estrade, & le fameux Turenne,
De Barbares mourans auoient couuert la plaine,
Et Massane desia joint auec la Ferté,
Auoit de l'Ottoman puny la cruauté.
L'Infidele estonné de l'horrible tempeste,
Ignore quel obstacle arreste sa conqueste,

Et ſon cœur allarmé du ſurprenant reuers,
En accuſe le Ciel, & s'en prend aux Enfers;
Preſt à voir ſa valeur hautement couronnée,
Il reprend aux Hongrois la peur qu'il a donnée:
Et croit dans ſon mal-heur interdit & confus,
Qu'vn Demon contre luy ranime les vaincus.
Beauueſé cependant le repouſſe en la plaine,
Et fait tout ce que peut vne vaillance humaine;
Mais le Chef dans ſa fuitte arreſte le ſoldat,
Et Malgré ſa terreur le remene au combat.

LA Fueillade à l'inſtant inſtruit de cette allarme,
Fait auancer ſur luy l'intrepide Gendarme,
Et ioignant la parole a des faits inoüis
Fait triompher par tout le grand nom de Louis,
A ce nom glorieux d'vn Monarque Inuincible,
Ce braue commandant ne voit rien d'impoſſible,
Et d'vne ardeur ſi forte anime ſes Guerriers,
Que le Turc dans le Camp nous laiſſe ſes lauriers.
C'eſt alors que l'on voit dans la meſlée affreuſe,
Courir de mes Heros l'Elite Genereuſe,
Courcelle, Montagen, Saint-Eſtef, Coaſlin,
Bethune, Caſtelnau, Vaillac, & Lauardin.
Pareils à ces oyſeaux qui fondans ſur la proye,
Montrent en méme temps leur courage & leur ioye,

Et ſemblent d'autant plus redoubler leur valeur
Qu'ils ont eſté captifs ſur la main du Chaſſeur.
Icy l'adroit Grancey fait voler ſur la place,
Le bras d'vn Syrien & la teſte d'vn Thrace,
Et de deux autres coups le noir Egyptien,
Tombe aux pieds de Richard auec l'Armenien.
Là du fier Saint Geran la valeur fait paroître,
La Nobleſſe du ſang dont le Ciel l'a fait naître,
Et par le ſien qu'il verſe il ſe montre à nos yeux,
Veritable heritier d'vn nom ſi Glorieux.
Icy de l'Albanois & d'Eſtrade & Soubiſe,
Tout bleſſez qu'ils eſtoient arreſtent l'entrepriſe,
Renuoyent contre luy les traits de ſa valeur,
Et lauent dans ſon ſang la teinture du leur.
La le Braue Biſſy courant à la Victoire,
Rencontre en Epagny le riual de ſa gloire,
Mais la gloire à chacun fait des preſens ſi doux,
Qu'elle les rend heureux ſans les rendre ialoux.
ENTRE les premiers Chefs de l'Armée Infidelle,
Amurat conſeruoit vne ame noble & belle:
Mais auant de paſſer au ſujet de ſa mort,
Ie te veux en ſecret apprendre tout ſon ſort,
Et bien que les vainqueurs ignorent ce myſtere,
Ie ne puis toutefois me reſoudre à le taire:

Son cœur pour Sinays ſoupire nuict & iour,
Et meſme aprés ſa mort conſerue ſon amour,
Accablé ſous le poids de ſa douleur cruelle,
Il en porte par tout la bleſſure mortelle,
En mille lieux diuers il s'expoſe au trépas,
Et pour le chercher trop il ne le trouue pas.
Quand preſſé de l'ennuy dont ſon ame eſt eſclaue,
Il s'adreſſe aux François & leur demande vn braue.
Chacun a ce deffy veut eſtre le vaillant,
Qui fera ſuccomber ce terrible aſſaillant;
Mais vn jeune heritier du beau ſang de Lorraine,
Preuient tous ſes riuaux, s'auance ſur l'arene,
Et pareil au Heros qui luy donna le iour,
Fait voir vn ſecond Mars ſous le nom de Harcour.
Alors les deux Guerriers ſemblables au tonnerre,
Sous leur coups redoublez font retentir la terre,
Et monſtrent à nos yeux témoins de leur fureur,
Vn ſpectacle meſlé de plaiſir & d'horreur.
Comme on voit deux taureaux animez de leur gloire,
L'vn & l'autre à l'enuy diſputer la victoire,
Et combattans auprés d'vn ruſtique Hameau,
Acheter par leur ſang l'honneur de leur troupeau.
Ainſi ces deux Heros certains de leur puiſſance,
Augmentent leur eſtime auec leur reſiſtance,

Et malgré le peril & l'horreur du trépas,
Seuls pendant leur combat ne s'en estonnent pas.
Enfin d'vn coup mortel Amurat tombe à terre,
Et d'vne foible main prenant son Cimeterre,
Accepte heureux Guerrier, dit-il, au grand Harcour,
Vn don qui m'est plus cher mille fois que le iour,
Ie receus autrefois d'vn aymable Princesse,
Ce gage qui souuent appaisa ma tristesse,
Et ie sens en mourant encor quelque douceur,
De pouuoir le remettre aux mains de mon vainqueur.
A ce discours touchant, à cette ofre impreueuë,
Du genereux Harcour la grande ame est émuë,
Et surmontant sa haine en ce triste moment,
Par sa noble pitié triomphe doublement.
NON loin du lieu funeste où l'Estranger expire,
Villeroy se signale au secours de l'Empire,
Et l'Ottoman surpris estime que l'amour,
Sous vn visage humain vient combattre en ce iour.
Il a la méme grace, il a les mémes charmes,
Mais le Dieu des amans n'a pas les mémes armes,
La mort ne soüille point l'éclat de ses autels,
Et de ce beau Guerrier tous les coups sont mortels.
Canaple en ce moment de son bras redoutable,
Par des ruisseaux de sang faisoit rougir le sable,

Lors que d'vn coup funeste il sent percer ce bras,
Et le Guerrier pourtant ne s'en alarme pas;
La grandeur du peril l'anime d'auantage,
En vain son ennemy s'oppose à son passage,
Il le joint il le presse, & d'vn coup plus certain,
Luy porte auec l'éfroy le trépas dans le sein.
CEPENDANT *au milieu du cruel Ianissaire;*
Sery, de Saint-Aignan triste & genereux frere,
Brise renuerse tuë, & ses ardens transports,
Pour vne seule mort font souffrir mille morts.
De même qu'vn sanglier aux noirs monts de la vauge,
S'élance auec fureur du profond de sa bauge,
Lors que percé du trait qu'il porte dans son flanc,
Le farouche animal en voit couler son sang,
Ses yeux étincelans & sa dent meurtriere,
Font éclater par tout sa terrible colère,
Rien ne peut l'arrester & son cruel transport,
Conserue sa fureur jusques apres sa mort.
Tel le braue Sery dans sa triste auanture,
A force de grands coups soulage sa blessure,
Passe dans tous les rangs & fait tomber sans choix,
Le Chef & le Soldat, le Thrace & l'Albanois,
Lors que pour satisfaire à sa noble vangeance,
Il apperçoit d'Achmat la funeste vaillance,

Qui blesse en méme temps Monteiller & Lanson,
Et vient trancher les jours du jeune Briançon.
C'est ainsi qu'vn faucheur remply de barbarie,
Rauit en vn moment l'émail d'vne prairie,
Et les nouuelles fleurs dignes d'vn plus long sort,
Trouuent en méme jour leur naissance & leur mort.
Sery qui reconnoit son vaillant aduersaire,
(Tout fier de commander au fameux Ianissaire,)
Le jauelot en l'air & l'espée à la main,
Par vn deffy guerrier prouoque l'inhumain;
Achmat à ce deffy répond auec audace,
Tous deux par les effets soûtiennent leur menace;
Sery d'vn plomb fatal voit son bras droit percé,
Sans que son grand courage en puisse estre abaissé,
Il prend d'vne autre main sa redoutable espée,
Dans le sang ennemy iusqu'aux gardes trempée,
Et certain de perir ou de punir Achmat,
Acheue d'vn seul coup sa vie & son combat:
Le glorieux François terrasse l'aduersaire,
Il l'immole auec joye aux manes de son frere,
Par ce grand sacrifice adoucit son ennuy,
Et seroit consolé s'il mouroit apres luy.
C'EST par tãt de hauts faits qu'à peine on pourra croire
Que mes Guerriers enfin obtiennent la victoire,

Et c'est par le secours de ces vaillans exploits,
Qu'ils rendent l'asseurance & la joye aux Hongrois.
Le Turc n'a plus d'espoir qu'en sa seule retraite,
Et son premier triomphe illustre sa deffaite.
Sault l'Inuincible Sault l'effroy des Estrangers,
Cent fois pour les poursuiure affronte les dangers,
On diroit à le voir dans ce combat de gloire,
Qu'il veut remporter seul l'honneur de la victoire;
Mais ses nouueaux efforts épuisent sa vigueur,
Et son sang répandu trahit enfin son cœur:
La parque toutefois n'osant montrer sa hayne,
Pour vn guerrier si grand deuient moins inhumaine,
Et sans en approcher souffre que ce Heros,
Prenne sur son trophée vn moment de répos.
Te diray-je les noms de tous les autres braues,
Qui changerent alors les vainqueurs en esclaues,
Et veux-tu que j'ajoûte à mon premier rapport,
De Richard & Mouchy la glorieuse mort:
Ie ne regrete point la perte de leur vie,
Vne si belle mort est trop digne d'enuie,
Ils me desauoüeroient de pleurer des vainqueurs,
Et c'est parmy les Turcs qu'il faut chercher des pleurs.
AV milieu toutefois du plus âpre carnage,
Lors que le moins timide à la fuite s'engage,

Orcan & Gianggir deux Baſſas inhumains,
S'obſtinent fierement à perir par nos mains;
Ils ne peuuent ſouffrir vne honteuſe fuite,
Et des plus auancez arreſtant la pourſuite,
Par cent triſtes effets d'vne rare valeur,
Sur le ſoldat François vangent l'affront du leur.
A leur fatal abord Rochefort intrepide,
Veut borner la fureur de leur courſe rapide,
Et bien que leur trépas au Guerrier ſoit rauy,
D'vne marque d'honneur ſon effort eſt ſuiuy.
Mais enfin à leur coups la fortune contraire,
Oppoſe la valeur de Boüillon & ſon frere,
Et l'on voit les Baſſas deuenus furieux,
Le blaſpheme à la bouche & le feu dans les yeux:
Sous le Comte d'Auuergne Orcan mord la pouſſiere,
Le triſte Gianggir en fremit de cholere,
Et du vaillant Boüillon receuant le trépas,
Perit trop glorieux de perir par ſon bras.
A l'aſpect de ces morts l'Ottoman ſans deffence,
Va chercher dans les eaux ſa derniere aſſeurance;
Mais le fleuue irrité dont il trouble la paix,
Se joint à nos ſoldats pour punir ſes forfaits.
L'infidele en tous lieux trouue vne iuſte guerre,
L'vn va mourir dans l'onde & l'autre ſur la terre,

Et tous deux par leur ſang preſſent ſes rouges flots
D'annoncer à la mer l'honneur de mes Heros.
APRES ces grands exploits, apres cette victoire,
Iuge Rome à preſent de l'éclat de ma gloire,
Et ſouffre cependant que d'vn combat ſi beau
I'aille aux pieds de mon Roy preſenter le tableau.
LE GENIE à l'inſtant s'eleue dans la nuë,
Et prenant vne route aux mortels inconuë,
Au milieu de la Cour du Prince des François,
A ce Puiſſant Monarque adreſſe ainſi ſa voix.
GLORIEVX ſucceſſeur de tant d'Illuſtres Princes,
Qui fais fleurir ſous toy mes heureuſes Prouinces,
Heritier immortel du vaillant Potentat,
Qui ſceut joindre l'Empire à ce fameux Eſtat,
Neueu de ce Heros dont la ſainte vaillance,
Des Maures orgueilleux abbatit la puiſſance;
Toy qui fais aujourd'huy par tant de beaux exploits,
Reuiure les vertus de ces auguſtes Roys,
Regarde, ô Grand LOVIS, les preuues de courage,
Dont mes jeunes Guerriers te viennent rendre hommage,
Et daigne receuoir pour marque de ma foy,
Le recit d'vn ſuccez, qu'ils ne doiuent qu'à toy.

Sous les ordres heureux de ton puissant Genie,
Ils viennent d'acquerir vne gloire infinie,
C'est-là le noble effet de tes illustres soins,
Et sous vn Roy si grand ils ne pouuoient pas moins.
Que ne feront ils point quand vn jour à leur teste,
Tu feras des lieux Saints l'objet de ta conqueste,
Et que pour les tirer de la captiuité,
Tu voudras du Croissant abbaisser la fierté?
Alors des Ottomans la grandeur étouffée,
De tes Lys immortels comblera le trophée,
C'est alors qu'à tes pieds ils receuront des fers,
Et LOVIS pourra plus que ne peut l'Vniuers.
LE Genie à ces mots expose à son Monarque,
De ce combat fameux la glorieuse marque,
Et laisse à nos François surpris heureusement,
De cent drapeaux conquis le spectacle charmant.

FIN.

G

PERMISSION DE MONSIEVR LE Lieutenant Civil.

PErmis à IACQVES DV BRVEIL & PIERRE COLLET, Marchands Libraires à Paris, d'imprimer le Poëme Heroïque, intitulé *La Hongrie Secouruë, &c.* & defenses à tous autres de l'imprimer. Fait ce 10. Octobre 1664.

Signé D'AVBRAY.

www.ingramcontent.com/pod-product-compliance
Ingram Content Group UK Ltd.
Pitfield, Milton Keynes, MK11 3LW, UK
UKHW021027220726
13924UKWH00001B/162

9 782019 279455